親愛的鼠迷朋友，
歡迎來到老鼠世界！

謝利連摩・史提頓

Geronimo Stilton

《鼠民公報》
辦公室
賴皮
（謝利連摩的表弟）
班哲文
（謝利連摩的姪兒）

GERONIMO
STILTON
謝利連摩・史提頓
菲
(謝利連摩的妹妹)

老鼠記者 97

聖誕精靈總動員

LA MAGICA NOTTE DEGLI ELFI

作　　者：Geronimo Stilton　謝利連摩・史提頓
譯　　者：陸辛耘
責任編輯：胡頌茵
中文版封面設計：陳雅琳
中文版美術設計：羅益珠
出　　版：新雅文化事業有限公司
香港英皇道499號北角工業大廈18樓
電話：（852）2138 7998
傳真：（852）2597 4003
網址：http://www.sunya.com.hk
電郵：marketing@sunya.com.hk
發　　行：香港聯合書刊物流有限公司
香港荃灣德士古道220-248號荃灣工業中心16樓
電話：（852）2150 2100　傳真：（852）2407 3062
電郵：info@suplogistics.com.hk
印　　刷：C & C Offset Printing Co., Ltd
香港新界大埔汀麗路36號
版　　次：二〇二〇年十二月初版

http://www.geronimostilton.com
Based on an original idea by Elisabetta Dami.
Art Director: Iacopo Bruno
Cover by Andrea Da Rold, Christan Aliprandi
Graphic Designer: Andrea Cavallini/ theWorldofDOT (Adapted by Sun Ya Publications (HK) Ltd.)
Illustrations of initial and end auxiliary pages: Roberto Ronchi, Ennio Bufi MAD5, Studio Parlapà and Andrea Cavallini | Map: Andrea Da Rold and Andrea Cavallini
Story illustrations: Giuseppe Ferrario, Giulia Zaffaroni and Davide Percivalli
Artistic Coordination: Roberta Bianchi
Artistic Assistance: Lara Martinelli, Andrea Alba Benelle
Graphics: Chiara Cebraro, Michela Battaglin

ISBN: 978-962-08-7634-9

18/F, North Point Industrial Building, 499 King's Road, Hong Kong
Published in Hong Kong
Printed in China

老鼠記者 Geronimo Stilton

聖誕精靈總動員

謝利連摩・史提頓
Geronimo Stilton

新雅文化事業有限公司
www.sunya.com.hk

目錄

馬克・坦克鼠

謝利連摩的爺爺，《鼠民公報》的創辦鼠。

菲・史提頓

謝利連摩的妹妹，《鼠民公報》的特約記者。

賴皮・史提頓

謝利連摩的表弟。

麗萍姑媽

謝利連摩的姑媽，廚藝高手。

咕吱吱，冷死鼠了啦！

有一件事我至今**記憶猶新**，彷彿它就在昨天發生。那是12月24日，也就是聖誕節的前一天。那天早上醒來的時候，我渾身瑟瑟發抖，天氣實在太**冷**了！咕吱吱，簡直是**天寒地凍**……

啊呀呀，不好意思，我還沒作自我介紹呢！我叫**謝利連摩·史提頓**。我經營着**《鼠民公報》**，也就是**老鼠島**上最有名的報紙！

我剛才說到哪兒了？啊，對！那天妙鼠城實在**太**冷了——冷得比貓還可怕！我瞥了一眼窗外，不禁哆嗦起來。*我以一千塊莫澤雷勒乳酪的名義發誓*，那時外面狂風大作。風颳得**太**猛烈啦……片刻之後，我又向外瞄了一眼，啊！這下居然下起傾盆大雨了，雨絲**太**密了，連綿不斷……

狂風大作！

傾盆大雨！

冰天雪地！

又過了一會兒，我吃驚得連話也說不清了：「這……這……居然下起了鵝毛大雪！**雪花**簡直**太**大啦……」

沒過多久，又開始砸了冰雹下來。**一顆顆**的冰雹宛如雞蛋一般，簡直**太**大了啦……

最後，我不禁瞪大雙眼——天空突然變得灰濛濛的，簡直**太**陰沉啦！

我忍不住大叫：「咕吱吱，*我以一千塊莫澤雷勒乳酪的名義發誓*，難道是龍捲風要來了嗎？？？」

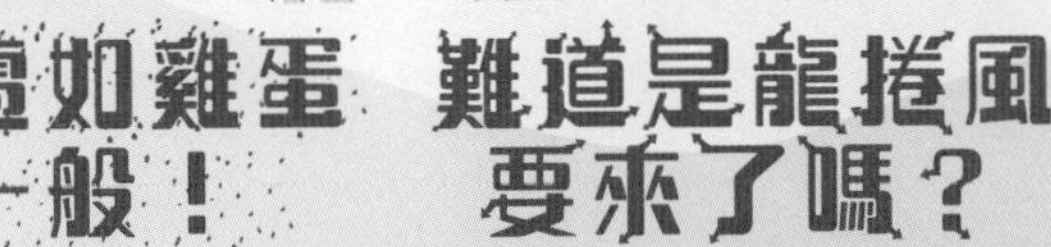

我連忙打開收音機，聽見報導員說：「以下是天氣報告，城內風雲變色，情況十分糟糕！整座老鼠島將出現**惡劣天氣**……**尤其是**妙鼠城……**尤其是**鼠市街區域……**尤其是**鼠市街8號……另外，如果你名叫*謝利連摩·史提頓*，那就需要特別注意，

特別特別特別注意意意……」

我使勁揉了揉眼睛，掏了掏耳朵，**奇怪！**

沒錯，我的確是剛剛起牀，頭腦還未清醒的，我剛才好像聽到廣播裏報了我家地址，還有我的名字？**真奇怪！**

可是……嗯……不對呀……那聲音怎麼這樣耳熟呢……

報導員繼續説道：「今日將有**嚴寒**天氣，最低氣温將會下降至攝氏**零下**15度……也許**零下**25度，甚至**零下**50度！！！」

我不禁**大叫**起來：「什麼？攝氏零下50度？以一千塊莫澤雷勒乳酪的名義發誓，這也太誇張了吧！！！」

報導員繼續説着：「……所以，如果各位非得出門，請務必聽從我的建議，全副武裝。請務必穿上三層羊毛長褲、長褲、厚長襪、汗衫、薄

毛衣、厚毛衣、法蘭絨襯衫、風衣和防水防風的厚羽絨；戴上羊毛帽、耳罩、尾巴罩和雪地眼鏡；出門前，在背包裏準備好應急物品，包括熱水壺、睡袋、高山帳篷、越野滑雪板和《**極地生存手冊**》，另外還要帶上……對，電暖爐，最好是帶滑輪的那種。一定有用！清楚了嗎？」

我驚訝得快要昏了過去。

可是，如果連天氣報告也這麼說……

我突然氣得鬍鬚亂顫，罵起來：「可惡！這樣的鬼天氣，為什麼非要選在今天出現，選在平安夜呀？!」

從耳垂一直到尾巴尖，我把自己裹得嚴嚴實實，然後背上沉甸甸的背包，再把滑輪暖爐拖在身後（*在我看來，這麼做真有點奇怪，但如果連*

你們看看我都穿了什麼……
衣服裝備
1. 三層羊毛長褲
2. 厚毛衣
3. 風衣
4. 法蘭絨襯衫
5. 厚長襪
6. 薄毛衣
7. 耳罩
8. 尾巴罩
9. 羊毛帽
10. 防水防風的厚羽絨
11. 長褲
12. 《極地生存手冊》
13. 越野滑雪板
14. 雪地眼鏡
15. 帶滑輪的電暖爐
我還在背包裏放了……
16. 熱水壺
17. 睡袋
18. 高山帳篷

電台_的天氣報告也這麼説……算了算了！）_。就這樣，我帶上了所有禦寒裝備出門。

但是，一到街上，我就發現……

在路上，**所有的**鼠民看着我這個模樣，大家都哈哈大笑了起來！

我發現，即使已經到了十二月，天氣也並沒

有想像中那樣寒冷……不，明明就是陽光燦爛嘛……

再看看我自己的一身衣服，穿得像是在北極似的！哪有鼠像我這樣呀?!

刷的一下，我的臉漲得通紅。

真是太丟臉了啦！

1號惡作劇：向大笨蛋表哥施展特效

眼看大家都在取笑我。我試圖解釋，說：「不……不對呀……天氣明明很冷……冷得比貓還可怕……而且我還聽見電台廣播說要準備……背包……滑雪板……暖爐……」

這時，一把熟悉的聲音吱吱叫道：「哈哈哈，你們快看呀，他居然還拖着一個暖爐……還是有滑輪的那種！」

我試圖解釋：「嗯，哎呀，就是，其實，我之所以會拖着一個暖爐，是因為廣播裏的報導員明明說……」

就在這時，我突然回過神來！

這不就是我在**廣播**裏聽到的聲音嗎……是賴皮的聲音啊！

難怪我會覺得這麼**熟悉**呢！

你們知道賴皮是誰嗎？什麼？**不知道？那你們可真是走運呢！**

告訴你們吧，他是我的表弟！唉！他最愛作**惡作劇**，這一點老鼠島上誰都知道。他的那些大**惡作劇**和小**惡作劇**，總是先在我身上試驗！唉！

我的表弟賴皮，因喜愛惡作劇而出名（你們在第17頁已經見識到了！）

賴皮不禁大笑起來：「哈哈哈！這是一個惡作劇啦！」

説着，他便掏出一本筆記簿在上面寫着：「1號惡作劇，向大笨蛋表哥施展特效試驗成功。大笨鼠（*也就是我表哥*）立刻上當！」

我都不知道該説什麼好，他卻沒有停下的意思，滔滔不絕地説：「表哥，我正在寫一本關於惡作劇的書，現在得完成一連串科學實驗。在出版以前，我得先試試效果才行。你也知道，畢竟我是一名嚴謹的學者，所以……」

他繼續吹噓，説：「1. 我打開了冷氣，而不是暖氣！2. 在窗前裝了一塊板，在上面投射大風、大雨、大雪、冰雹，還有龍捲風的影像！3. 使用遙控無線電，播放假的天氣報告！」

賴皮的惡作劇

利用冷氣：

賴皮用遙控器打開了謝利連摩家的冷氣，而不是暖氣！

惡劣天氣：

賴皮在謝利連摩睡房的窗外裝了一塊板，在上面投射大風、大雨、大雪、冰雹，還有龍捲風的影像！

大功告成！

假天氣消息：

賴皮播放了假的天氣報告，把謝利連摩耍得團團轉！

接着他又說道：「總之，表哥，我還有一個**消息**要告訴你。你知道今天是什麼日子嗎？」

我不禁咕噥：「呃，你問這個做什麼呢？」

他用手爪敲了敲我的腦袋。

「**咯！咯！咯！**你沒神智不清吧？今天是12月24日，聖誕節前的平安夜啊！你難道忘了

嗎？今年該輪到你負責邀請史提頓家族來你家共進聖誕晚餐啊！」

聽了他的話，我一下子急得鬍鬚亂顫。

「*以一千塊莫澤雷勒乳酪的名義發誓*，你說得沒錯，我居然把這事忘記得一乾二淨了！」

我繼續急叫：「我……我真的什麼都沒準備呀！」

就在這時，手機上一條條短訊息蜂擁而至。我看了看，有麗萍姑媽傳來的，有我的姪子班哲文……似乎還嫌我不夠手忙腳亂，電話又叮鈴鈴響了起來。原來，是我妹妹菲打來的！

她的語氣很急促：「謝利連摩，聖誕大餐已經準備就緒了，對不對？我還在辦公室工作，今年實在沒時間幫你籌備！」

我只好含糊其辭地回應：「怎麼會沒準備好呢?!我是說，一切就緒啦。我想說的是，或者，差不多……嗯，**你不用擔心啦**，菲，我是說，要**擔心的其實是我**，就是，我會盡力，哎呀，反正我們**晚上**見……」

菲沒好氣地回應道：「這樣最好！你別忘了，今年不只有**我們幾個**，還有許多**遠房親戚**，比如馬斯卡波姑丈、瑪嘉蓮姑媽、梵提娜和芳多兒表妹、守財鼠·桑吉巴表舅父、荷包鼠堂弟，還有……總之，一共有**153**位親戚要來（*另加其他好朋友！*），明白了嗎？」

我吃驚得失聲叫道：「**什什什麼？一百五十三位（另加其他好朋友！）？**」

快去快去快去！!!

菲．史提頓

她也提高了聲量，說：「謝利連摩，你還磨蹭什麼?! 快去做飯，**布置房間**，還有，別忘了準備一棵漂亮的聖誕樹……**快去快去快去！！！**」

說完，她便掛斷了電話。我不禁懊惱得用手爪捂住臉。在旁的賴皮則不懷好意地笑道：「哈哈哈，表哥，你居然把這事忘記！你真是個**大笨蛋**，不可救藥的**大笨蛋**！」

非常長的待辦事項清單

我匆匆趕回家，翻閱家中的聖誕雜誌，想要尋找靈感。接着，我又上網搜索資料，然後打電話給所有朋友，請他們幫我出主意。

最後，我急忙地列出了全部的待辦事項。但是，當我一條一條讀下來的時候，簡直眼冒金星……這張清單實在太長了啦！因為絕望，我不禁憂心得鬍鬚亂顫。但我還是對自己說：「謝利連摩，你得立刻行動，否則別想按時完成！」

就這樣，我拿着這張清單奔出了家門。我一邊喘着粗氣，一邊自言自語：

1. 布置客廳和房間，營造聖誕氣氛；調整家具位置，給153名親戚（另加朋友）騰出空間！

2. 準備一棵聖誕樹，讓所有153名親戚（另加朋友）驚豔！

3. 為所有153名親戚（另加朋友）挑選聖誕禮物！

4. 為153名親戚（另加朋友）準備餐具！

5. 挑選153名親戚（另加朋友）都喜歡的……聖誕音樂！

6. 找來一部鋼琴，和所有153名親戚（另加朋友）合唱一曲聖誕歌！

7. 學會一首聖誕詩，在所有153名親戚（另加朋友）面前朗誦！

8. 準備飯後集體遊戲，讓153名親戚（另加朋友）都能盡興！

9. 為153名親戚（另加朋友）準備一道甜品！

10. 為153名親戚（另加朋友）準備聖誕大餐！

「聖誕樹裝飾……禮物……聖誕甜品……**啊啊啊啊啊！我之前到底在幹什麼了，怎麼完全沒有準備呀！**」

天空飄起了雪。這次是真的下雪呢，絕不是賴皮的惡作劇！

妙鼠城的街頭熙熙攘攘，到處是**行色匆匆**、手裏提着大包小包的鼠民。我遇見了很多朋友。他們紛紛向我揮手致意，為我送上聖誕祝福。要知道，在妙鼠城，大家彼此都認識！

但我沒時間停留。我只得一邊***趕路***，一邊四處高喊：「你好！你好你好！你好啊啊啊啊！也祝你們聖誕快樂啊啊啊！節日快樂……向你們全家問好！」

我逛了好幾家商店，但是到處都大排長龍，因為大家全都在這個時候外出購物，進行最後的

採購（*沒辦法，因為這天是平安夜呢！*）。就這樣，我又浪費了**非常多**的時間……

可憐的我呀！這時已是下午五時啦！要是再不回家，就真的來不及為**153名親戚**（*另加朋友！*）準備聖誕聚會了。我心急如焚，偏偏就在這時，我的手機又**響了起來**……

是我的爺爺，馬克斯·坦克鼠！

你們認識他嗎？
不認識？？？

不會吧?! 在妙鼠城，他可是赫赫有名的！要知道，《**鼠民公報**》就是他在多年前一手創辦的呢！

我接起**電話**：「喂？我是史提頓，謝利連摩·史提頓！」

爺爺的聲音低沉又嚴肅，説：「我是馬克斯·坦克鼠。**行了行了**，別廢話了！你都在忙些什麼，孫兒？為什麼你就只知道閒逛，而不像

馬克斯爺爺

姓名：馬克斯

綽號：坦克鼠

身分：謝利連摩·史提頓的爺爺，《鼠民公報》的創辦者

興趣：打高爾夫球，收集古董乳酪硬殼，野外露營

癖好：熱愛工作

座右銘：「輕輕一揮杆，煩惱自遠去。」

夢想：把《鼠民公報》發揚光大

你妹妹菲那樣專心工作？**快給我工作！！工作！！工作！！工作作作作作！！**」

我試圖辯解：「可是爺爺，今天是平安夜，我正忙着準備**今晚**的聖誕大餐呢……而且，還是菲要我負責準備的呀……」

爺爺卻**不耐煩**地吼道：「什麼聖誕不聖誕的！我們大家都在辦公室工作，就只有你不是！快點，快過來，現在就來！我說『現在』，就是**『立刻馬上上上上！』**」

工作、工作、再工作！

我太了解我爺爺了！如果他說「**立刻馬上**」，那就是「**立刻馬上！！！**」

於是，我只好匆匆趕去《**鼠民公報**》大樓。可憐的我啊，手裏還提着大包小包呢！

我打開編輯部的大門，**只見**裏面空無一鼠……想想也知道吧，今天是平安夜，《鼠民公報》的編輯們全都放假了啦！啊不，有一個例外，那就是我的妹妹菲——本報的特約記者。

我剛想喘口氣，就聽到一聲吶喊：「**孫兒兒兒兒兒兒兒兒！**」

我循着聲音一路**跑去**，居然來到了自己的辦公室！

孫兒兒兒兒
兒兒兒兒！
你終於來了！

我一進門就問：「怎麼了，爺爺？有什麼情況？哎？咕吱吱？」

他厲聲回答：「情況就是，有**活**要幹，明白了嗎？**工作、工作、再工作！**」

我把大包小包放到地上，看了一眼菲。她就在爺爺身旁，正歎着氣。

「爺爺，今天可是平安夜呢！」

他卻**兇巴巴**地說道：「這有什麼關係？對我來說，今天就是一個平常的日子。」

我不禁抗議：「爺爺，難道你沒看見大街上**到處**是歡天喜地的老鼠嗎？他們個個都興高采烈，在唱着聖誕歌呢！」

「給我閉嘴！什麼聖誕不聖誕的！對我來說，今天就是一個**工作**日！明不明白？」

只見他向我射來一道嚴厲的目光，然後吼道：「**快去工作！**」

我知道什麼才是正確之事！

你們說，哪有誰會不工作？

就算是平安夜，辦公室裏也依然有活要幹！

顯然，我從不離開自己的崗位……

妙鼠城裏的各位鼠民，不用擔心，

馬克斯·坦克鼠總是恪盡職守！

所謂的聖誕節不過就是蠢話……

相信我吧，聖誕節的意義並不存在……

我馬克斯說的話，不容質疑！

這時，菲忍不住替我辯解：「可是爺爺，今年謝利連摩得**負責**籌備聖誕聚會，正好輪到他……」

我趁機跟爺爺說了我得趕去採購禮物、準備菜餚，還有聖誕裝飾。「爺爺，我們今晚要在我家舉行聖誕聚會。就目前來說，聖誕節才是最重要的事呢。在我看來，聖誕節的真正意義就是大家歡聚一堂，相親相愛，讓我們真真切切地感受到自己是大家庭裏的一分子！」

突然，他二話不說，拿起我的手機就向153名親戚（*另加朋友！*）發送了訊息：「**原定於我家中舉行的聖誕聚會現已取消。謝利連摩。**」

隨後，他歇斯底里地一陣狂吼：「這才像話！什麼聖誕節……哼！蠢話，全都是蠢話！**我**，會留在辦公室工作。我希望**你**，也和我一起工作，完成自己的任務，明不明白？好好學學你妹妹菲……我就不信史提頓家族不能培養出第二個菲（*她的優點都是從我身上遺傳的*）！」

這時，一把聲音吱吱叫道：「爺爺，史提頓家族還有一個像你這樣的天才，像你這樣一心只想着工作！」

我轉過身一看，發現那是我的表弟賴皮……他騰地跳到我身旁，遞給了我一顆糖果，說：「你要吃糖果嗎，表哥？」

我不禁喜出望外，向他表示感謝：「嗯，我要！謝謝！」

只見他像個魔術師一般，快捷地做了一個手勢，把糖果塞進了我嘴裏，還一臉壞笑着說：

「嗒！給你的！呵呵呵！」

我不明白賴皮為什麼要急着讓我吃糖果，可是很快，我就感覺到了舌頭上的**可怕**味道！

嘔！那是大蒜味的糖果啊！！！

只聽他大喊：「**2號惡作劇**，賴皮精品公司的傑作——大蒜味糖果！」

接着，他又飛快地做起了**筆記**：「2號實驗，大蒜味糖果……成功！如果能保持這個進度，那麼我的惡作劇**合集**很快就能完成，不，是飛快，飛快飛快！」

説完，他便在爺爺面前揮舞起那本簿子。

「你看，爺爺，哪怕是平安夜，我也在如常**工作**。我正在寫一本關於惡作劇的書，**專心致志**，才不像謝利連摩，只知道玩，只知道聖誕禮物、聖誕大餐、聖誕樹……」

爺爺激動得**淚流滿面**，對他讚不絕口：「做得好，孫兒！你和你表姐菲一樣，都是讓我**驕傲**的好孩子！這才像話！」

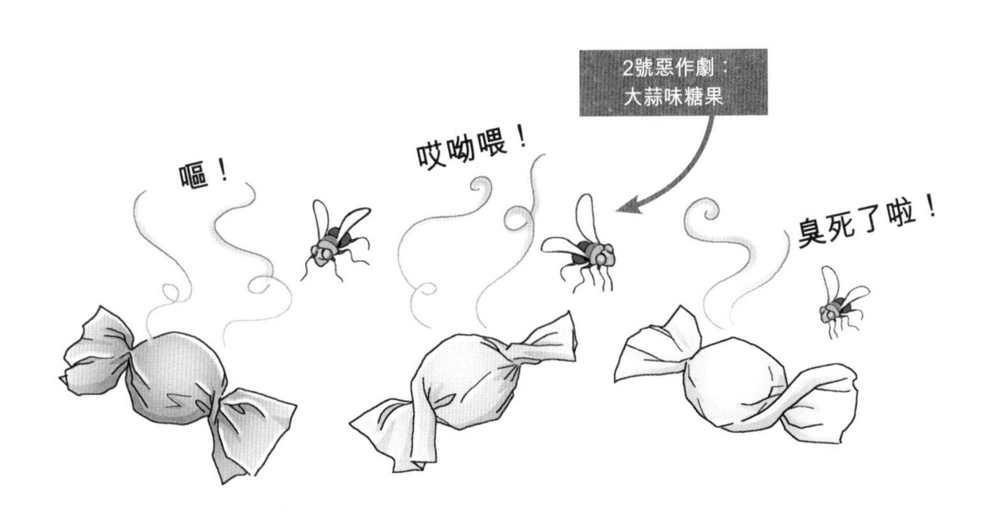

前所未有的挑戰！

爺爺搓了搓手：「好了好了，廢話少說，我們趕快**工作！**要我說，還睡什麼覺啊！今天我們可以**通宵達旦**，這樣，明天一早就能把所有的工作都完成。這裏有一大堆的**發票**、合約和郵件需要處理。你們看看，菲已經開始工作了……」

賴皮裝出一副鬥志滿滿的樣子，大喊道：「我也準備好了，爺爺！對了，其實我有一個想法！為什麼你不讓我來管理《**鼠民公報**》呢？我一定會比謝利連摩幹得出色！」

爺爺抓了抓**鬍鬚**，說：「嗯……我可以考慮你……或者菲……事實上，我覺得你們比謝利連摩更熱愛**工作**。他越來越懶，今天還不想幹活，說什麼平安夜……」

我不禁大喊：「*什麼什麼什麼？*可是爺爺，我才是《**鼠民公報**》的總編輯啊！我已經帶領報社營運了很多年……」

賴皮一臉得意，用手肘打了我一下。

「你要小心了，表哥！**挑戰**現在開始！你猜猜，究竟誰會贏呢？呵呵，呵呵呵呵呵呵！」

只聽爺爺高喊：「**總編輯之位爭奪戰**，現在開始！這將是一場前所未有的挑戰……你們三個誰的工作時間最長，誰就**獲勝**。這是馬克斯說的！**馬克斯・坦克鼠！**」

我試圖抗議：「可是爺爺……禮物……晚餐……聖誕節的意義……」

他卻**大聲斥責**：「什麼聖誕節的意義，關—我—什—麼—事！它根本不存在！只有像你這樣的**大笨蛋**，才會去相信那些商業宣傳！」

賴皮一心討好爺爺，連忙**附和**說：「爺爺說得對，那些節日慶祝活動不過是為了讓鼠民消費，這誰都知道！只有像謝利連摩那樣的**大笨蛋**，才會相信！」

於是，爺爺安排了三張一模一樣的書桌，讓我們並排坐在一起，就像在**學校**裏上課一樣，然後說：「你們可以開始工作了！要是誰敢抬起頭，眼睛離開書桌，誰就完蛋！都聽明白了嗎？」

工作！工作！再工作！

就這樣，當妙鼠城裏的所有鼠民都在歡度平安夜時，我們卻坐在**陰沉**、**昏暗**、**冷清**的辦公室裏工作。

嗒嗒嗒……

四周一片寂靜，只有鋼筆在紙上書寫的「唰唰」聲、我們敲

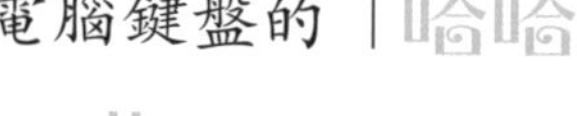

打電腦鍵盤的「嗒嗒嗒」聲，還有爺爺的**牢騷聲**。他不停咕噥着什麼：「**哼**……**哼**……**哼**……聖誕節，什麼蠢話！**哼哼哼！**」

這時，恰恰就在這時，我感覺到似乎有誰在窗外偷看着我們……

我瞥見外面有個影子晃動了一下！

我不禁大喊：「我好像在窗外看見了誰，像是一個**影子……**」

賴皮也叫了起來：「這次你還真說對了，表哥……是有一個**影子……**」

菲附和道：「我也覺得看到了一個**影子……**」

就連爺爺也不淡定了，說：「我的天啊！影子！沒錯，真的有一個**影子……**」

多麼美好的
夜晚啊！

利連摩正在裏面工作。
《鼠民公報》
多麼奇妙的夜晚呀！

砰嘭！

於是，我們四個紛紛**跑**到《**鼠民公報**》大樓外查看。

就在這時……有一塊巨大的冰塊突然掉落，**砸**在我們的頭上！

砰嘭！

只聽賴皮大喊：「糟糕了……我忘了我的**3號惡作劇**，從天而降的冰塊！這次連我自己也上當了！」

說完，他便**暈**了過去。啊不，是我們四個都暈了過去！

當我再次睜開雙眼的時候，看到眼前出現了兩個又瘦又小的傢伙，一男一女。他們穿着一身奇異的**綠色長袍**，還有滑稽的紅白**條紋長襪**，頭上戴着尖頂帽，帽尖上有一個小鈴鐺。

他們看起來一副兇巴巴的模樣。

那個男的先開了口，聲音又細又尖：「喂，你們怎麼可以這樣，怎麼好意思在聖誕前夕工作？」

「哎？什麼？我怎麼不明白？你能不能說得慢一點？」

於是，他再次尖叫着說：「難道你們的耳朵裏長了青苔嗎？都怪你們，現在『聖誕裝置』卡住了，他還威脅要把整幢木屋關閉了！你們得解決這事，否則我們就完蛋了完蛋了完蛋了啦！」

我彎下腰，想讓他再**解釋**一遍。

「不好意思，我不太明白……什麼東西卡住了？那個『他』……又是誰？」

精靈回答：「他就是……他啦！反正，你們很快就會知道他是誰了！趕緊跟我們來，讓『聖誕裝置』重新運轉起來。快點！現在就來！我說『現在』，就是『立刻馬上上上上』！」

我連一塊乳酪硬殼都沒聽懂，不禁抓起腦袋，一臉茫然。

馬克斯爺爺卻再次咕噥起來：「哼……哼……哼……不管這個他到底是誰，已經浪費了我太多寶貴的時間！我可沒有時間閒着！」

菲也和我一樣困惑。只有賴皮一邊搓手爪，一邊得意地笑着說：「看來3號惡作劇的效果也不賴。啊哈，我真是一個天才！」

這時，兩個小精靈向我們射來一道憤怒的

目光，齊聲說道：「你們到底明不明白，這是一宗緊急事件！十萬火急！千鈞一髮！刻不容緩！」

說完，小精靈們便拿出把一團金色的粉末向我們吹來，還尖叫道：「**比夫**和**碧琺**在此，你們膽敢不聽！這可是你們自找的，一羣大笨蛋！」

我們直打起噴嚏來：「**乞嚏！乞嚏！乞嚏！**」

打完第三個噴嚏後，我、賴皮、菲，還有

馬克斯爺爺的身體突然變得越來越小，越來越小……小到比夫可以把我們握進手心，然後塞進口袋。更誇張的是，穿在我們身上的衣服，也變成了精靈的長袍！接着，伴隨着比夫的一聲口哨，一頭馴鹿從天而降。只見牠的身上掛了不少鈴鐺呢！

比夫和碧琺騎上馴鹿，並戴上飛行護目鏡。就這樣，我們也一起飛了起來，在星空中越飛越高……

向北極星進發！

哎喲，哎喲，
哎喲！

到達北極！

天空中剛出現小熊星座，精靈就轉了方向，朝着其中最亮的那顆星進發。那是北極星，它永遠指向北方。

北極星

屬小熊星座，較為準確地指示北方。

在我們不停向北前進的同時，空氣也越來越冷，慢慢地我的鬍鬚和尾巴也全部**結冰了！**

咕吱吱！冷得就像極地一樣！

這時，爺爺卻依然咕噥個不停，説自己一定得回去，重新開始**工作**。

「時間就是金錢。你們害我失去時間，**太多的**時間和金錢，**太多的**金錢錢錢！」

而賴皮則想方設法從精靈口中套出那個關於「**縮小粉末**」的秘密，說：「我說朋友，你真是一個惡作劇天才。你看，連我這個惡作劇高手都這麼說，肯定不會有錯！那個粉末真是太神奇了！你有沒有看到**謝利連摩**當時的表情？我想把它寫入我的惡作劇合集。快告訴我，你是從哪兒學來的？你儘管放心，我肯定一聽就懂！」

但比夫並沒有理睬他，只是不停抱怨：「嗶卟叭！真是對牛彈琴！」

碧琺也說：「從沒見過這麼愚鈍的**大笨蛋**，一點聖誕情調都沒有！我真不知道他

們能不能讓『聖誕裝置』重新運作起來！他已經在收拾行李了呢！」

菲試着理解他們的**對話**，而我則一聲不吭（*沒辦法，誰讓我害怕得要命，根本說不出話嘛！*）。

現在，我感到頭暈目眩，比這輩子任何時候都要**嚴重**（*沒辦法，誰讓我困在一個小口袋裏，飛翔在高空，還沒有安全帶！*）。

與此同時，我還擔心，**呃**……會把前一年的聖誕大餐全吐出來！

我感到陣陣噁心，比這輩子任何時候都要嚴重（*沒辦法，誰讓我正在一頭飛奔的馴鹿上，不停上下顛簸，上，下，上，下……*）。

比夫又發起了牢騷：「嗶咔叭！真是聞所未聞！這傢伙居然『暈馴鹿』，真是的！我們都跑得這麼慢了！你說是不是，親愛的馴鹿？你說，我們該不該讓這幾個大笨蛋好好清醒一下？」

接着，他便在馴鹿耳邊悄悄說了什麼，隨後鬆開韁繩，大聲呼喊道：

「駕！駕！！！！！！
藍色跳水！
駕！！！！！！！！！」

正當我還在思索着什麼是『藍色跳水』時，馴鹿已經倏地俯衝而下，躍入藍夜之中。

藍色跳水！
就這樣！
呀吼！
呀吼！

哎喲！

馴鹿飛行的**速度**本來就很快，加上我的暈眩，再乘以擔心，最後因為**驚嚇**再進行了平方計算！我感到翻翻亂顫，比這輩子任何時候都要劇烈。

我們四個異口同聲地高呼：「呃啊啊啊啊啊！」

片刻之後，比夫又在馴鹿耳邊低聲說了什麼。於是，牠又倏地**直沖雲霄**，如同火箭一般筆直、噴氣式飛機一樣迅捷！

我感覺自己的胃不停下墜，彷彿已經沉到了膝蓋。

我們異口同聲地大喊：「**哎呀呀呀呀呀！**」

馴鹿不停地俯衝而下，再直沖雲霄，俯衝而下，直沖雲霄……只聽比夫和碧琺興奮地直嚷嚷：「**太好了！！！！就這樣！！！！！沖啊啊啊啊啊！**」

接着，馴鹿又做出了一連串**高難度空翻**。我們的胃裏**翻江倒海**，已經比製作三層莫澤雷勒乳酪奶昔時的攪拌還要劇烈！牠這才減慢速度，最後停了下來。兩個精靈從馴鹿的身上敏捷地**跳**下着陸，我們也像布偶一般，在**比夫**的口袋裏晃蕩了一下。此時，我們的臉色已經比春天的蟾蜍還要青了！

比夫把我們從他口袋裏拿了出來，放到地上，然後再一次將**金色粉末**吹向我們。

我們也再一次打起了噴嚏：「**乞嚏！乞嚏！乞嚏！**」

打完第三個噴嚏後，我們又恢復了原來的模樣，只是……身上依然穿着一身精靈的衣服！！！

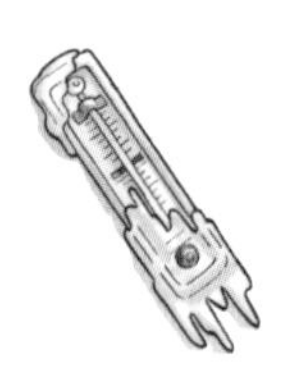

歡迎來到北極！

我們發現自己置身於一片**冰天雪地**之中，四周閃耀着鑽石般的光芒。這到底是哪裏呀？周圍**什麼也沒有**，真的！

等我回過神之後，再定睛一看，發現有一幢**小木屋**在雪地裏，牆上有綠色的窗户，屋頂

升起了一縷煙。我冷得牙齒直**打架**，好不容易才擠出幾個字來：「這……這裏……冷得……就像……極……極地一樣！」

比夫嘲笑道：「真不容易，你總算聰明了一次，**大笨鼠！**」

接着，他便**張開**手臂，就像一名導遊一樣，鄭重宣布道：「各位先生、女士，歡迎來到北極！歡迎……來他的家做客！」

我正要再一次詢問，那個「**他**」究竟是誰，木屋的**大門**突然打開了。從裏面走出來的，是一位老爺爺。他的肚子很大，圓滾滾的，鬍子又長又白，身上穿着……

穿着一件紅色的**皮草**大衣？你們一定會這麼說吧！才不是呢！那位老爺爺居然穿着一件色彩繽紛的棕櫚樹圖案**襯衫**，配上一條短褲，頭上還頂着鴨舌帽和太陽眼鏡！

「**呵！呵！呵！**」他的聲音低沉響亮，「你們來啦！我先走啦！今年不會有聖誕節了！說起來，我已經有好幾年沒有**度假**，也是時候好好休息一下了！南方的大海啊，等着我，我這就來啦啦啦啦！」

說罷，他便騎上一頭馴鹿，消失在**繁星點點**的夜空中。

比夫**哇哇大哭**起來，傷心欲絕：「不要啊！！！！都怪你們！你們看看自己都**幹了些什麼好事！**你們忘記了聖誕節的意義，這下**他**真的走了！」

他開始擤起鼻子，並用衣角擦起眼淚。

片刻之後，從木屋裏突然跑出了成百上千的小精靈。他們一起嚎啕大哭，淚如泉湧：「啊不！！！！！這下**他**真的走了！沒有**他**我們該怎麼辦？」

我想安慰這些**精靈**，而在我身旁的一個精靈拉起了我的衣服**擦**起鼻涕。「你們別這樣啊，**他**一定會回來的！啊，對了，**他**到底是誰呀？」

這時，傳來了**比夫**的吼聲：「我就知道你是個大笨蛋！**他**是，不，他曾經是，聖誕老人啦！而我們是，不，我們曾經是**聖誕精靈**。我是鑰匙管理員，曾獲『**金鈴鐺獎**』。她是我妹妹，聖誕老人玩具實驗室的主管！」

金鈴鐺獎是所有精靈夢寐以求的獎項。

「聖誕裝置」的秘密

我正要自我介紹，比夫卻不讓我說：「免了免了！在你們還是年幼的小老鼠時，我就已經認識你們了！」

接着，他便把我們推進了木屋：「快點快點，別磨蹭！」

我四處張望，不禁目瞪口呆。

我們居然來到了聖誕老人的家裏！居然來到了他的客廳！居然就坐在他燃燒着的壁爐前！

我不禁激動得鬍鬚亂顫！

就在我驚喜得說不出話時，比夫扳動了一根控制杆。嘭！我們屁股下的凳子瞬間向下掉落了！咕吱吱！

我們居然來到了聖誕老人的家裏！

比夫扳動了一根控制杆，然後……

大家全部一起向下**掉落**。不過幸好，我們降落在一堆軟綿綿的抱枕上。賴皮激動地大喊：「消失的凳子！啊哈！這可真是一個**吹着鬍鬚**也難想到的惡作劇！」

爺爺卻再一次抗議：「好了！我們來到聖誕老人的家裏，這地方還不錯！但是，現在我得立刻回到妙鼠城！我得**工—作**！我們不能把時間浪費在這種事情上！孩子們，你們說對不對？」

「是呢，爺爺！家裏還有一大堆事要做！」菲回答。

我鼓起勇氣對精靈說道：「嗯……**比夫**先生，我真的得馬上回家。我還要準備聖誕聚會呢！今年所有親戚都要來我家做客。你知道嗎？一共會有**153**位（*另加朋友！*）。」

比夫卻說：「你還跟我提這個？你們先看

看自己都幹了些什麼好事吧！快讓一切**復原**，然後再來討論接下來的安排！」

說着，他便把我們**推向**了一扇紅色的小門。門上掛着一塊牌子，上面寫着：

他只是搖了搖鈴，紅色的小門便自動打開了，簡直像施了魔法一樣。

房間裏有一座機械裝置，非常奇怪……

只聽**比夫**和**碧琺**齊聲喊道：「各位先生、女士，這個就是『**聖誕裝置**』！」

聖誕
希望
麻煩
災難
這是什麼呀？
真奇怪呢！

*以一千塊莫澤雷勒乳酪的名義發誓，我可從沒見過這樣*奇異的設置呀！

在房間中央，有一台很大型的儀器，看起來像個溫度計，可是它測量的並不是溫度，而是……聖誕節的意義！

這座裝置連接了許多透明的管子，管子裏流着五顏六色的液體。

此外，它還有兩個接口，分別連着兩個球型的容器。其中一個容器裏裝着許多白球，另一個則是黑球。

比夫向我們解釋道：「這些球代表世上不同的想法。每次只要有誰不相信聖誕節的意義，破壞聖誕氣氛，就會有一個黑球落入其中！那些都是悲傷消極的想法，比鉛球還要沉重。哪怕只是一絲那樣的念頭……「啪」！這都會讓『聖誕裝置』的指針下沉一格，你們明白嗎？」

「那白球呢？」菲滿懷希望地問道。

「白球當然是代表積極的想法，比如孩子的夢想，對他人的善意，以及一切渴望聖誕到來的願望。近年聖誕節的氣氛一年不如一年。大家越來越不禮貌，也越來越急躁……『聖誕裝置』的指針可從沒降到過這樣低的位置！」

「所以現在，哪怕只有一個大笨蛋說他自己不相信聖誕節的意義……啪！『聖誕裝置』就會繼續往下！」比夫冷冷地說道。

馬克斯爺爺忍不住抱怨起來：「什麼亂七八糟的故事！盡在浪費我的時間！什麼聖誕節的意義，我才不……」

我和菲一起迅速伸出手爪，捂住他的嘴巴，嚷道：「爺爺！不許說！」

但還是遲了一步。又有一個黑球掉了下來：

啪嗒！

「聖誕裝置」的指針進一步下沉，已經到達了「災難」等級。

比夫就像洩了氣的皮球一樣，沮喪地說：「你們到底有沒有明白？就是你們放棄了聖誕節的意義，『聖誕裝置』才會降到這麼低的等級！都是因為你們，聖誕老人才會決定去度假！今年的聖誕節，快要徹底消失了！」

這時，我不禁大喊：「不！我才不要這樣！聖誕節明明是一年中最盛大的節日！快告訴我們，究竟該做些什麼才能挽回！」

他嘟囔着說：「唉，這裏的玩具工廠的運作能源，全部來自『聖誕裝置』，可是現在它出了故障，不再運轉……這下全世界的孩子都收不到我們的聖誕禮物了！」

馬克斯爺爺說話了：「精靈朋友，這件事就交給我來解決吧！我會讓玩具**工廠**重新開動生產線的（*這可是我的拿手好戲，嘿嘿！*《**鼠民公報**》*在我手裏不知復活了多少次呢！*）。孩子們一定會收到聖誕禮物的，不然我就不叫**馬克斯・坦克鼠！**」

他的積極想法很快就展現了效果，你們看！**一堆**白球瞬間掉了下來，「聖誕裝置」指針的位置也從原先的「**災難**」級略微上升了一些……

這時，賴皮來到我身邊，說道：「親愛的表哥，真對不起，我不該對你耍那些惡作劇的（*雖然它們真的很有趣，嘻嘻嘻！*）。要不然……我們和好怎麼樣？」

我看着他的眼睛，爽快答應了：「**和好！**」

然後，菲過來抱住了我們。

隨後，爺爺説道：「孩子們，真對不起！我不應該強迫你們在平安夜**工作**。你們該知道，工作並不是生活的全部，還有比它遠遠更重要的東西，例如家庭、朋友……」

很快，一顆顆白球如同**雨點**一般落下，「聖誕裝置」也回升到了「**麻煩**」的級別。比夫不禁鬆了一口氣，説道：「快跟我來，也許還有希望！」

拯救聖誕節

比夫和碧珠讓我們走下一段狹窄的木樓梯，帶領我們參觀聖誕老人所有的秘密實驗室……

在地下二層，存放着海量的登記冊，上面記錄了世界各地孩子的名字，並按照他們當年的表現好壞進行分類，比如乖孩子、邋遢鬼、淘氣包……

地下三層是信件檔案室，那裏有一台不可思議的機器，能夠探知所有孩子內心深處的願望，哪怕有些孩子還沒學會寫字！

再往下，到了地下四層，則是規模龐大的玩具實驗室……

乖孩子
闖禍精
小能手
闖禍精
淘氣包
邋遢鬼
不錯啊！
你們快看！
哇啊！
這麼多
登記冊！
厲害！

一樓：聖誕老人之家
地下一層：聖誕錶房與辦公室
地下二層：登記冊檔案室
地下三層：信件檔案室

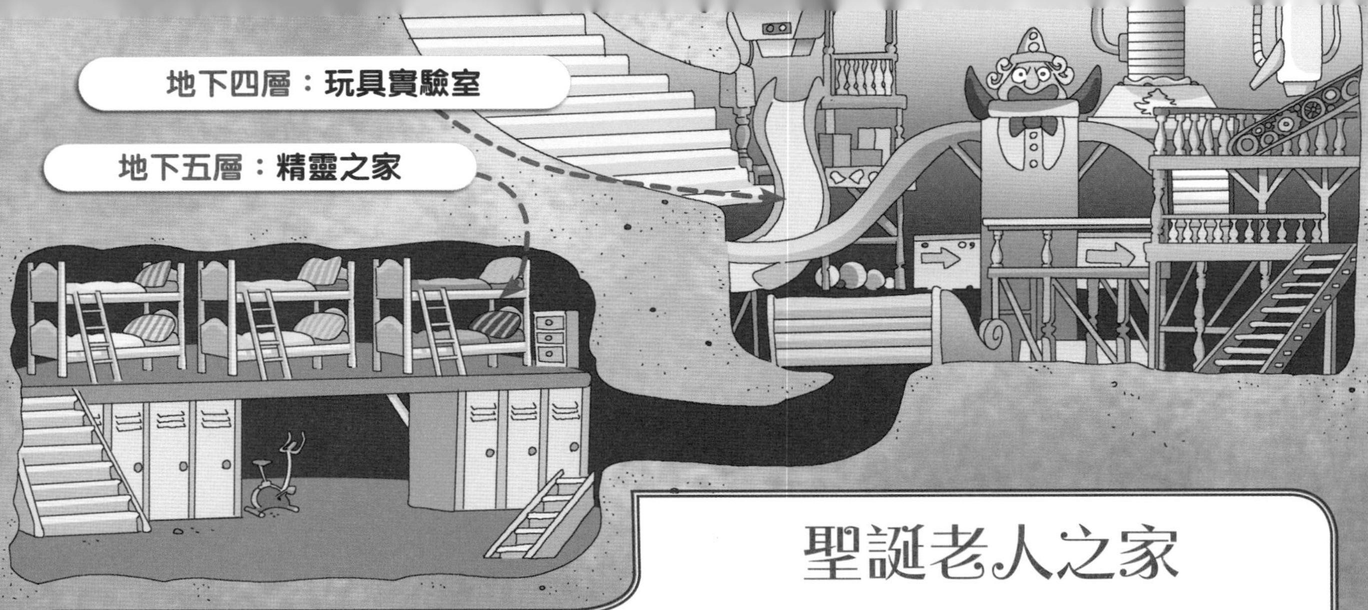

地下四層：玩具實驗室

地下五層：精靈之家

聖誕老人之家

地面：聖誕老人之家（聖誕老人有很多個家，它們分布在北極的不同區域！）

地下一層：聖誕錶房與辦公室

地下二層：登記冊檔案室（把孩子們分為小能手、乖孩子、淘氣包、邋遢鬼和闖禍精）

地下三層：信件檔案室（裏面的機器能夠探知孩子們的願望）

地下四層：玩具實驗室（分為發明區、裝配區和檢驗區）

地下五層：精靈之家（這裏居住着不同等級的精靈，還有一個健身室，幫助他們鍛煉身體！）

哇啊，真是太**壯觀**了啦！我吃驚得連話都說不出了呢！

可是，有一件事情很**奇怪**的！非常**奇怪**！在玩具實驗室裏，無論是桌子前，架子邊，還是走廊裏，都是空空蕩蕩的呢……

就連一個精靈的**影子**都沒有！至於那些生產玩具的神奇機器，沒有一台是在運轉的。誰也沒在為**孩子們**生產玩具！

我不解地問：「比夫，為什麼機器都關着呀？還有精靈們……他們又在哪兒呢？」

他沒好氣地回答：「噗！你真是笨得不可救藥！所有機器都已經停運了好幾個小時，因為『**聖誕裝置**』的指針不斷下沉，無法產生能源，讓它們運轉。至於精靈，大家哪還有心思工作。他們哭得這樣悲傷，很多房間快要被他們的

淚水淹沒，根本沒有辦法讓他們**工作！**」

這時，馬克斯爺爺上前了一步。他目光堅定地說道：「我來負責讓他們**工作！**這可是我的拿手好戲！」

賴皮又說：「那我來負責讓他們**開心！**我是一個笑話專家，嘿嘿！」

菲也補充道：「我就負責**安慰**他們！我知道如何在恰當的時機說**恰當**的話！」

我則喊道：「我就負責鼓勵他們！」

這時，比夫又帶我們往下走到地下五層。那裏是精靈居住的地方。他說：「那你們就試着安慰他們！我先去控制『聖誕裝置』。」

1 精靈們依舊嚎啕大哭，淚如泉湧。我剛走進他們的房間，就被一大灘淚水滑倒……2 摔了一個四腳朝天！噗咚！3 賴皮早有準

備，抓住我的手要扶我起來，4 但誰想到他居然做了一個**柔道**動作，「嗖」的一下把我摔過了頭頂！5 我不可思議地完成了一個**騰空翻**，跌在一張小牀上；6 最後一頭栽進了一個夜壺*（幸好裏面什麼也沒有！）*。**咕吱吱！**這下大家都以為我是個大笨鼠了！

笨拙的我！

我站起身來，想把夜壺**拿開**，可是我的頭居然緊緊地卡住了！

好不容易，比夫和碧琺終於把夜壺拔了出來！「**咚！**」

現場一片寂靜。可是，很快，精靈們就爆發出一陣大笑！

大家的好心情又回來啦！

賴皮朝我眨了眨眼，一臉壞笑。

「對不起啊，表哥，剛才用柔道動作讓你飛了起來。我這麼做是有原因的！你看你的表演多精彩，大家都忍不住笑了！」

我摸了摸頭上的大包，勉強擠出一絲笑容：「不用擔心啦，你做得對！」

這時，比夫歡天喜地跑了過來，大喊：「萬歲！『聖誕裝置』的指針已經升回原來的級別，所有機器都開始重新運轉啦！」

馬克斯爺爺也說話了：「聽見了沒有？你們這羣小懶漢，還不去工作？! 聖誕節即將來臨，我們必須趕快**生產，生產，再生產！**」

只聽精靈們齊聲歡唱：

「是啦是啦，精靈來啦！

我們歡跳，我們大笑，

戴上紅帽，熱情擁抱！

我們淘氣，我們頑皮，

生產玩具，精靈第一！」

他們又是腳尖立地旋轉，又是騰空翻躍，嬉笑打鬧着向**玩具**實驗室進發。

有一個精靈拉住我的尾巴，另一個精靈朝我吐舌頭，還有一個精靈在地上翻起了筋斗！**咕吱吱！**痛死我了！我揉了揉尾巴，碧琺卻來到我身邊，對我說：「這可是一個好兆頭！如果他們願意跟你開玩笑，就說明他們心情不錯！**做得好！史提頓**，其實你也沒那麼笨啦！」

很快，我們就開始生產起玩具來……

這個禮物一定
大受歡迎！
玩具已經生
產好啦！

開工！
快點，快點！
真好看！
包裝完畢！
這些汽車玩具
應該夠了！

精靈們一邊工作，一邊哼歌，一邊還彼此打鬧。沒過多久，孩子們的禮物已經堆滿了高高低低的架子。他們把玩具裝在盒子裏，還綁上了蝴蝶結，真是好看極啦！

比夫和碧琺照着心願信件上的名稱一一核對，馬克斯爺爺則不停催促我們，說：「快點，快點！我們還得再生產一噸的玩具！距離聖誕節只剩下短短幾個小時啦！」

比夫笑了：「沒關係！在這裏，時間流淌得慢些！」

這時，恰恰就在這時，木屋的大門打開了，走進來的是……滿面笑容的聖誕老人！他已經把皮膚曬成了古銅色！

「**呵！呵！呵！**大家好啊！我回來了！快，把我的紅衣服、帽子和靴子全都拿來吧！」

呵！呵！呵！
太好了！
聖誕老人！
他回來啦！

精靈們個個**歡呼雀躍**，激動得淚流滿面。這時，聖誕老人發出了低沉又響亮的聲音：「做得真好啊，史提頓家族！你們已經**將功補過**。看在這個分上，我要告訴你們一個好消息。啊不，應該說是兩個！

好消息1：今年的聖誕節會如常來臨！

好消息2：恭喜你們獲得了金鈴鐺獎！」

精靈們全都跳了起來，非常興奮，得意忘形！他們把我們抬起拋向空中，慶祝勝利，可是，我們實在太重了啦，他們沒接住！砰嘭！我們一屁股砸在地上。

因為衝擊力太大，一整堆禮物翻倒在我們頭上！咕吱吱，真的痛死了啦！接着，我陷入一陣暈眩，眼前一片漆黑……

疑幻似真！

當我重新睜開**雙眼**的時候，發現自己正攤在《**鼠民公報**》大樓的大門前，我的身體被半埋在**雪**堆裏。

片刻之後，我發現賴皮、菲和馬克斯爺爺也在我身邊，同樣也被雪**埋**起來了！

爺爺的頭上鼓起了一個**大包**，他輕輕揉了揉，嘀咕道：「這麼大一個包！頭好痛！彷彿有一個**機靈**砸過我的腦袋！」

賴皮和菲也連聲和應：「大包……**頭痛**……精靈！」

我的頭上也有個大包，真痛啊！於是，我四下**張望**，想弄清究竟發生了什麼……突然之間，我想起了所有事情，在我們身旁，有幾塊碎**冰塊**，那是之前從屋頂上掉下來，砸到我們頭上的！難怪我們的頭上都起了大包，會覺得腦袋被精靈**敲打**過！

這下我知道究竟是怎麼一回事了。

但我依舊沒法解釋那場神奇的**歷險**，還

現在什麼時候了？
鼠民公報
咕吱吱！
痛死我了！
哎喲哎喲！

有比夫和碧琺兄妹，聖誕老人，和所有其他的一切……

可惜我沒有更多的時間去思考，因為爺爺拉了拉我的外套。

「孫兒，現在什麼時候了？我的手錶壞了。」

賴皮也看了看他的錶：「我的手錶也壞了！」

菲也驚叫：「我的也是！」

奇怪，連我的手錶也一樣壞了呢……更奇怪的是，四個手錶上的指針全部指在十時二十九分。

我擦了擦眼鏡，望向街角的時鐘，然後高喊：「爺爺，現在是十時三十分。」

一個念頭在我腦海中**閃過**。

以一千塊莫澤雷勒乳酪的名義發誓，從我們的頭上鼓起大包，一直到現在，居然只過了一分鐘……可是，那個關於聖誕老人的**夢**，卻是那麼長……

爺爺大吼：「**什麼什麼什麼？**十時三十分？不！！！！！」

賴皮和菲也重複道：「十時三十分？**不！！！！！！！！！！！！**」

我驚呆了！我實在不明白，為什麼他們都這麼緊張呀？！可他們又繼續齊聲大喊：「快！抓緊時間啊！我們得邀請所有親戚，準備聖誕大餐……在午夜前完成一切！」

我依然沒有回過神來。這時，爺爺已經**淚流滿面**，對我說道：「我們是一家人，要一起慶祝聖誕節，明白嗎？」

賴皮也異常激動，說：「我們得趕快，沒剩多少時間啦！」

菲倒是胸有成竹，鼓勵大家：「加油！我們還來得及！」

接着她便一通一通地打起電話：「喂？是麗萍姑媽嗎？我是菲啊。請你現在去謝利連摩那兒，我們得一起慶祝聖誕節……當然……你為什麼這麼吃驚？不是聖誕節嗎？我們是大家庭，對不對？那就來嘛，把班哲文也帶上，好不好？」

我走進辦公室，把大包小包全拿了出來，然後和大家一起，快步朝我家跑去。一路上，菲一邊喘着粗氣，一邊不停打着電話。

與此同時，馬克斯爺爺很快便制定出了詳細的計劃。

聖誕快樂！
謝謝！
啦啦啦！
甜蜜的
聖誕……

節日快樂！
聖誕快樂！
大家同樂！

爺爺指揮說：「一到你家，我們就立刻分工：**我**負責指揮，**你**，謝利連摩，負責布置餐桌；**你**，謝利連摩，負責裝飾房間；**你**，謝利連摩，負責打開壁爐；**你**，謝利連摩，負責把全家的禮物放到聖誕樹下……」

終於到家啦！我**匆匆**打開大門，剛剛把禮物放好，門鈴就響了。

原來是麗萍姑媽和班哲文！她帶來了香噴噴的**聖誕甜品**和薑餅！其他親友也陸續到來，比格蒂娜表姨媽、馬斯卡波姑丈、梵提娜和芳多兒、柏蒂·活力鼠，還有潘朵拉。片刻之後，一輛破舊的**小型貨車**停了下來：那是桑吉巴一家。再過了一會兒，《**鼠民公報**》編輯部的所有**朋友**也全都到了。

史提頓家的聚會時刻！

很快，**153**名親戚（*另加朋友！*）全部到齊了。大家各司其職，麗萍姑媽、天娜·辣尾鼠和賴皮**開始**準備聖誕大餐。不一會兒的功夫，香噴噴的氣味就**飄散**到屋裏的每一個角落。

我呢，先是跑去燃點壁爐，然後來回奔走，把小蛋糕或熱乎乎的莫澤雷勒乳酪肉桂奶昔端給客人。班哲文、潘朵拉、梵提娜和芳多兒則認真布置起餐桌，並裝飾聖誕樹。當孩子們差不多完工時，我在樹頂安上了一顆星星。

至於我的爺爺，那還用說，當然是正在

指揮所有行動，並提醒我們時間：「快啊，孩子們！聖誕節很快就要來臨啦！」

一切就緒。我們正要入座，這時麗萍姑媽突然**氣喘吁吁**地跑了過來，說：「各位，請再稍等片刻，還缺最後一樣東西——**座位卡**！」

只見她在每一個座位前都放上了一張卡片，以美麗的書法**寫上**了每一位客人的名字。

每張卡片上都用膠水黏着一根杉樹枝、一個紅色絲帶**蝴蝶結**，還有……一個金色的小鈴鐺！

我拿起自己的那張座位卡，輕輕撫摸起那個鈴鐺。它發出清脆的叮鈴聲，使我不禁想起聖誕精靈……

但接着我就想：也沒什麼可大驚小怪的呢。要知道，這是平安夜呀！在這樣一個特別的夜晚，一切，真的是一切都有可能發生呢！

很快，我們就圍坐到桌邊，一同品嘗起全世界最美味的聖誕大餐，因為那可是大家用愛心準備的快樂晚餐呢！

那天晚上，我們全都感受到了聖誕節的意義。那種強烈的感覺，還真是前所未有呢！

總之，那是我這輩子度過的最美好的平安夜！不騙你們！

晚飯後，我們又一起玩了遊戲，唱了聖誕歌曲。

甜蜜的聖誕……
是呢！
多麼美好的晚上啊！
嘖嘖嘖！
真好吃！

節日快樂！
聖誕快樂！
多麼美好的
夜晚啊！
非同凡響的
聖誕大餐！
真好吃！
好吃！

一份特殊的禮物

晚飯後，我邀請班哲文和潘朵拉留在我家**過夜**。孩子們很快鑽進了被窩。為了使他們儘快入睡，我給他們講了一個故事。剛才的那一場**夢**給了我靈感。我告訴他們有一個叫比夫的精靈、有聖誕老人、「**聖誕裝置**」，還有……金色的小鈴鐺——就和麗萍姑媽送給我們的鈴鐺一模一樣！聽着我的故事，他們很快進入了夢鄉。我給他們蓋好被子，然後踮起腳尖，悄悄地回到客廳，**走向**窗邊……

此刻，雪已經停了。天空中掛着一輪皓月，如同**珍珠**一般明亮。

一陣窸窣聲傳來，我不禁**轉過身看**……

很久很久以前……
呼！呼！

原來，是爺爺、菲，還有賴皮。他們在我身邊坐下，紛紛望向窗外浩瀚的星空。

爺爺喃喃地說：「那個關於聖誕老人的夢，怎麼可能只有一分鐘呢？」

「什麼？難道你也夢見了一對精靈、『聖誕裝置』，還有其他？」我不禁問。

賴皮幾乎說不出話來：「……你說的精靈……不會是叫……比夫吧？」

菲也一臉驚訝：「還有一個叫碧琺？」

我們四個不禁失聲大喊：「對啊！但這怎麼可能？」

爺爺說道：「**安靜安靜！讓我好好想想！**」

他思索了很久，然後說道：「就讓經驗豐富的馬克斯·坦克鼠來告訴你們吧！我說的話，一定沒錯！」

他停頓了片刻，然後用**夢幻般**的語氣說道：「平安夜是獨一無二的，是夢幻神奇的。在這樣的一個夜晚……一切皆有可能……就連**夢境**也有可能成真！」

我輕輕撫過麗萍姑媽送給我們的**鈴鐺**，覺得爺爺說得沒錯。於是，我便下了這樣一個決心：要盡力讓這一個平安夜的**神奇魔力**永遠地持續下去，永遠永遠……

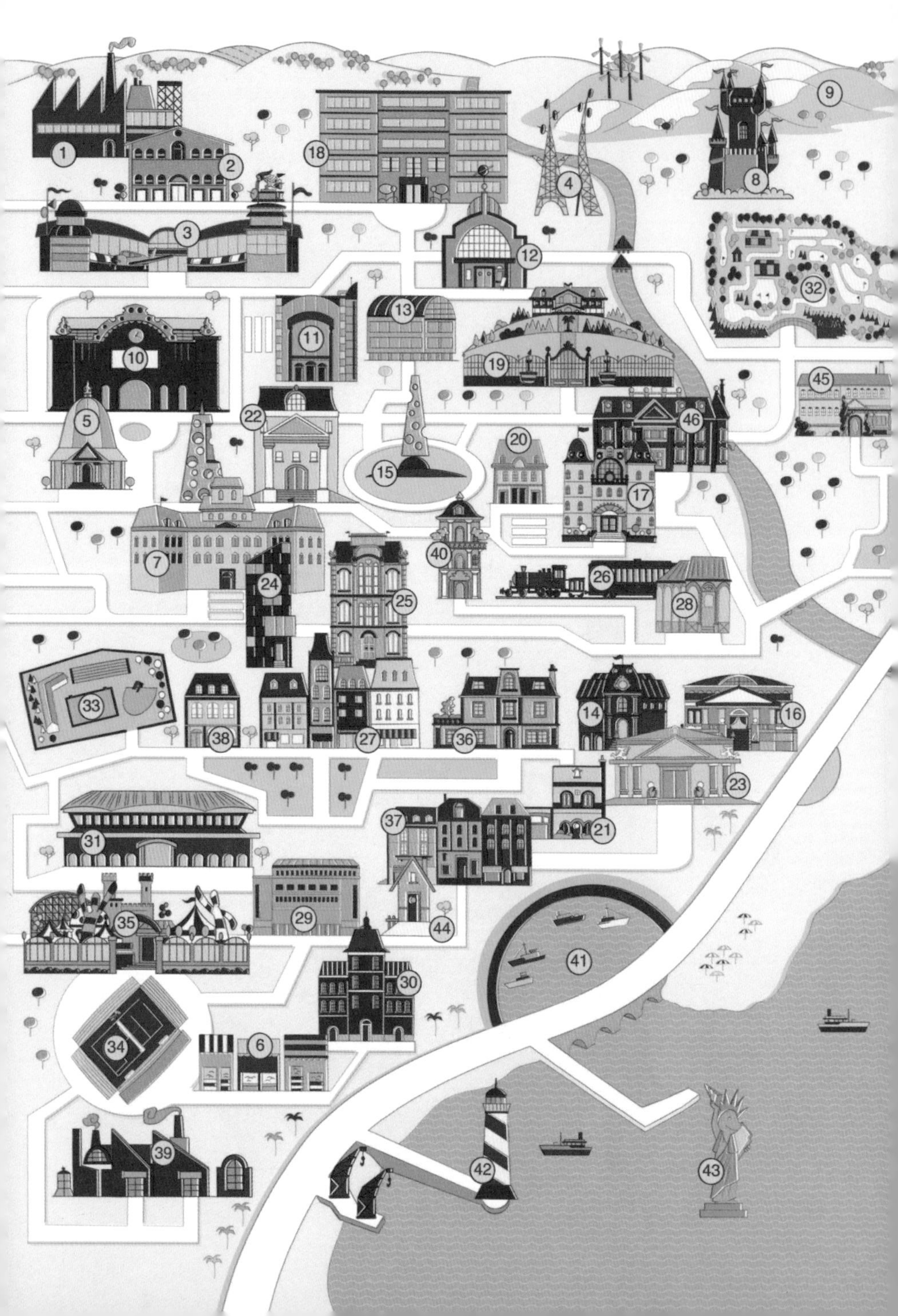
1
2
18
4
9
8
3
12
32
13
11
10
19
45
5
22
15
20
46
17
7
40
24
26
25
28
33
38
27
36
14
16
23
37
21
31
29
44
35
41
30
34
6
39
42
43

妙鼠城

1. 工業區
2. 乳酪工廠
3. 機場
4. 電視廣播塔
5. 乳酪市場
6. 魚市場
7. 市政廳
8. 古堡
9. 妙鼠岬
10. 火車站
11. 商業中心
12. 戲院
13. 健身中心
14. 音樂廳
15. 唱歌石廣場
16. 劇場
17. 大酒店
18. 醫院
19. 植物公園
20. 跛腳跳蚤雜貨店
21. 停車場
22. 現代藝術博物館
23. 大學
24. 《老鼠日報》大樓
25. 《鼠民公報》大樓
26. 賴皮的家
27. 時裝區
28. 餐館
29. 環境保護中心
30. 海事處
31. 圓形競技場
32. 高爾夫球場
33. 游泳池
34. 網球場
35. 遊樂場
36. 謝利連摩的家
37. 古玩區
38. 書店
39. 船塢
40. 菲的家
41. 避風塘
42. 燈塔
43. 自由鼠像
44. 史奎克的辦公室
45. 有機農場
46. 坦克鼠爺爺的家

老鼠島

1. 大冰湖
2. 毛結冰山
3. 滑溜溜冰川
4. 鼠皮疙瘩山
5. 鼠基斯坦
6. 鼠坦尼亞
7. 吸血鬼山
8. 鐵板鼠火山
9. 硫磺湖
10. 貓止步關
11. 醉酒峯
12. 黑森林
13. 吸血鬼谷
14. 發冷山
15. 黑影關
16. 吝嗇鼠城堡
17. 自然保護公園
18. 拉斯鼠維加斯海岸
19. 化石森林
20. 小鼠湖
21. 中鼠湖
22. 大鼠湖
23. 諾比奥拉乳酪峯
24. 肯尼貓城堡
25. 巨杉山谷
26. 梵提娜乳酪泉
27. 硫磺沼澤
28. 間歇泉
29. 田鼠谷
30. 瘋鼠谷
31. 蚊子沼澤
32. 史卓奇諾乳酪城堡
33. 鼠哈拉沙漠
34. 喘氣駱駝綠洲
35. 第一山
36. 熱帶叢林
37. 蚊子谷
38. 鼠福港
39. 三鼠市
40. 臭味港
41. 壯鼠市
42. 老鼠塔
43. 妙鼠城
44. 海盜貓船
45. 快活谷

4
3
2
44
1
7
6
5
40
14
8
13
25
9
11
12
10
42
41
21
15
20
22
39
23
17
32
16
26
19
45
35
18
29
24
43
28
38
30
27
36
31
33
37
34

《鼠民公報》大樓

1. 正門
2. 印刷部（印刷圖書和報紙的地方）

3. 會計部
4. 編輯部（編輯、美術設計和繪圖人員工作的地方）
5. 謝利連摩 · 史提頓的辦公室
6. 花園

老鼠記者 Geronimo Stilton

1. 預言鼠的神秘手稿
2. 古堡鬼鼠
3. 神勇鼠智勝海盜貓
4. 我為鼠狂
5. 蒙娜麗鼠事件
6. 綠寶石眼之謎
7. 鼠膽神威
8. 猛鬼貓城堡
9. 地鐵幽靈貓
10. 喜瑪拉雅山雪怪
11. 奪面雙鼠
12. 乳酪金字塔的魔咒
13. 雪地狂野之旅
14. 奪寶奇鼠
15. 逢凶化吉的假期
16. 老鼠也瘋狂
17. 開心鼠歡樂假期
18. 吝嗇鼠城堡
19. 瘋鼠大挑戰
20. 黑暗鼠家族的秘密
21. 鬼島探寶
22. 失落的紅寶之火
23. 萬聖節狂嘩
24. 玩轉瘋鼠馬拉松
25. 好心鼠的快樂聖誕
26. 尋找失落的史提頓
27. 紳士鼠的野蠻表弟
28. 牛仔鼠勇闖西部
29. 足球鼠瘋狂冠軍盃
30. 狂鼠報業大戰
31. 單身鼠尋愛大冒險
32. 十億元六合鼠彩票
33. 環保鼠闖澳洲
34. 迷失的骨頭谷
35. 沙漠壯鼠訓練營
36. 怪味火山的秘密
37. 當害羞鼠遇上黑暗鼠
38. 小丑鼠搞鬼神秘公園
39. 滑雪鼠的非常聖誕
40. 甜蜜鼠至愛情人節
41. 歌唱鼠追蹤海盜車
42. 金牌鼠贏盡奧運會
43. 超級十鼠勇闖瘋鼠谷
44. 下水道巨鼠臭味奇聞
45. 文化鼠巧取空手道
46. 藍色鼠詭計打造黃金城
47. 陰險鼠的幽靈計劃
48. 英雄鼠揚威大瀑布
49. 生態鼠拯救大白鯨
50. 重返吝嗇鼠城堡
51. 無名木乃伊
52. 工作狂鼠聖誕大變身
53. 特工鼠零零 K
54. 甜品鼠偷畫大追蹤
55. 湖水消失之謎
56. 超級鼠改造計劃
57. 特工鼠智勝魅影鼠
58. 成就非凡鼠家族
59. 運動鼠挑戰單車賽
60. 貓島秘密來信
61. 活力鼠智救「海之瞳」
62. 黑暗鼠恐怖事件簿
63. 黑暗鼠黑夜呼救
64. 海盜貓暗偷鼠神像
65. 探險鼠黑山尋寶
66. 水晶貢多拉的奧秘
67. 貓島電視劇風波
68. 三武士城堡的秘密
69. 文化鼠減肥計劃
70. 新聞鼠真假大戰
71. 海盜貓遠征尋寶記
72. 偵探鼠巧揭大騙局
73. 貓島冷笑話風波
74. 英雄鼠太空秘密行動
75. 旅行鼠聖誕大追蹤
76. 匪鼠貓怪大揭密
77. 貓島變金子「魔法」
78. 吝嗇鼠的城堡酒店
79. 探險鼠獨闖巴西
80. 度假鼠的旅行日記
81. 尋找「紅鷹」之旅
82. 乳酪珍寶失竊案
83. 謝利連摩流浪記
84. 竹林拯救隊
85. 超級廚王爭霸賽
86. 追擊網絡黑客
87. 足球隊不敗之謎
88. 英倫魔術事件簿
89. 蜜糖陷阱
90. 難忘的生日風波
91. 鼠民抗疫英雄
92. 達文西的秘密
93. 寶石爭奪戰
94. 追蹤電影大盜
95. 黃金隱形戰車
96. 守護幸福山林
97. 聖誕精靈總動員

親愛的鼠迷朋友，

下次再見！

謝利連摩・史提頓

Geronimo Stilton

奇鼠歷險記

榮獲
第15屆
十本好讀
小學生最愛作家

與謝利連摩一起展開
視覺及嗅覺並重的冒險之旅！